Qui remplacera la marmotte cette année?

Texte français de
Viviane Roy

Éditions
SCHOLASTIC

Jerry Pallotta
David Biedrzycki

Un merci spécial à Carol King.
— J.P.

À Phil et à tous mes amis de Pennsylvanie.
— D.B.

Catalogage avant publication de Bibliothèque et Archives Canada
Pallotta, Jerry
[Who will see their shadows this year? Français]
Qui remplacera la marmotte cette année? / Jerry Pallotta ; illustrations
de David Biedrzycki ; traduction de Viviane Roy.
Traduction de : Who will see their shadows this year?
ISBN 978-1-4431-4328-8 (couverture souple)
I. Biedrzycki, David, illustrateur II. Roy, Viviane (Traductrice), traducteur
III. Titre. IV. Titre : Who will see their shadows this year? Français
PZ23.P344Qug 2015   j813'.6   C2014-906184-6

Édition publiée par les Éditions Scholastic, 604, rue King Ouest, Toronto (Ontario) M5V 1E1

5 4 3 2 1   Imprimé au Canada 114   15 16 17 18 19

MIXTE
Issu de sources
responsables
FSC® C016245

C'est le 2 février. Tous les animaux en ont assez de l'hiver.

Si la marmotte voit son ombre, l'hiver durera six semaines de plus. Mais... pourquoi est-ce toujours la marmotte qui est en vedette?

Et nous?

« Laissez-moi essayer! » dit la poule.

Oups! Elle déclenche un orage.

L'ours polaire essaie lui aussi.

Son ombre gigantesque provoque un blizzard.

Le chameau tente le coup.

Son ombre cause une tempête de sable.

Le chien fait une tentative...

et un brouillard à couper au couteau s'élève.

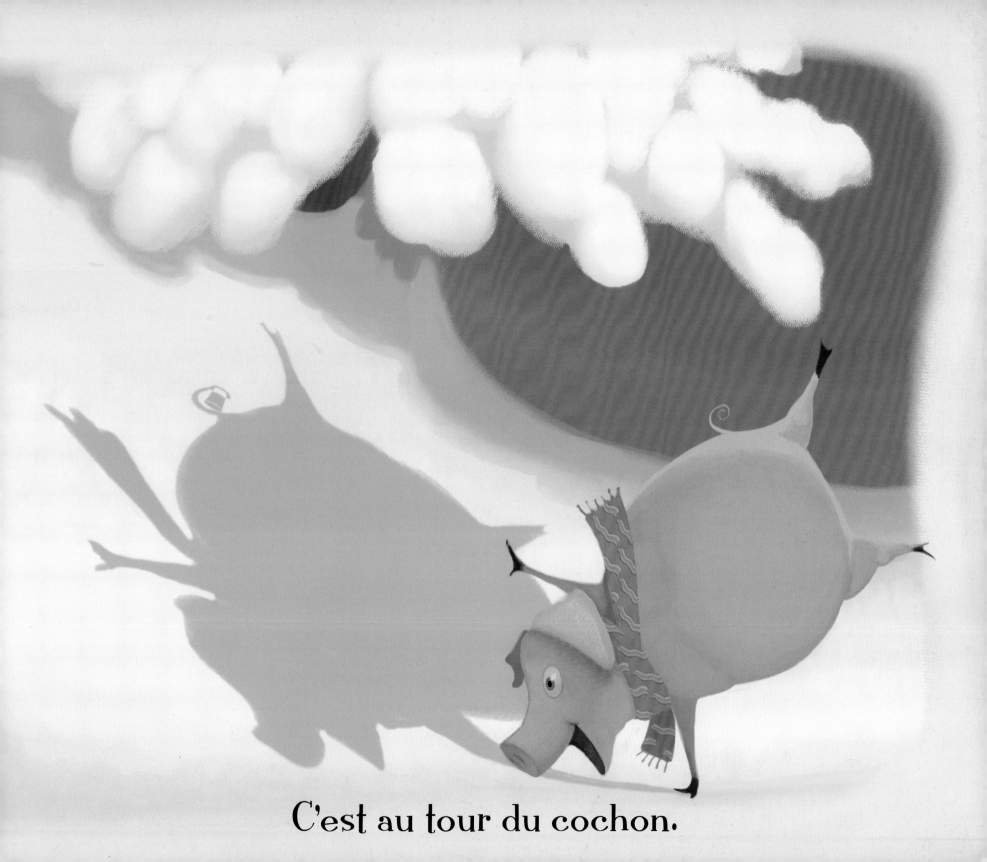

C'est au tour du cochon.

Groin! Un ouragan fait rage.

Quand l'ombre du bison se dessine...

il tombe du grésil.

Les animaux sont découragés.

Comment pouvons-nous faire arriver le printemps?

« Et moi! Je veux essayer aussi! » dit le panda.

Tip! Tap! Tip! Tap! Il se met à grêler.

Que va-t-il se passer avec le koala?

Quels vents violents! Et toujours pas de printemps.

Peut-être qu'un papillon aurait plus de chance.

Maintenant, il fait chaud et humide.

Le lémur bondit et son ombre apparaît.

Le temps devient brumeux comme dans la forêt tropicale.

Le paon amènera peut-être le printemps.

Au secours! C'est une tornade!

Tout ce vacarme réveille la marmotte.

Regardez! La marmotte ne voit pas son ombre!

C'est le printemps! C'est le printemps!

L'hiver est terminé! Vive le jour de la marmotte!